SIMPLEX

PANIQUE À L'AQUAPLEX

AMOPIX
FLORENT DURTH

Michel LAFON

Parrainé par Cédric Villani

Adaptation graphique en BD : Alexis Bambi, Maxime Couturat,
Marion Chopin, Louise Gardel pour studio Amopix.
Responsable de studio Amopix : Mathieu Rolin.
Scénario : Florent Durth
Fiches pédagogiques : Nicolas Rocheleux, agrégé de mathématiques.
Direction Editoriale : Laetitia Lehmann
Fabrication : Christian Toanen et Nikola Savic

118, avenue Achille-Peretti – CS 70024
92251 Neuilly-sur-Seine Cedex
www.michel-lafon.com

Hotêl Anubis
EXCUSEZ-MOI, VOUS ÊTES BIEN M. REDON, DIRECTEUR DE LA SÉCURITÉ DES PARCS D'ATTRACTION DE LA VILLE DE SIMPLEX ?
EUH OUI...
J'ADORE CE QUE VOUS FAITES. VOUS AVEZ UNE FAÇON DE CONTRÔLER, C'EST DU GRAND ART !
C'EST PAS FAUX HÉHÉ !
ALLEZ, VENEZ ON SE FAIT UN PETIT SELFIE.
AVEC LES MAINS COMME ÇA, ÇA FAIT PLUS GANGSTA !
C'EST PLUS SYMPA SUR LES RÉSEAUX SOCIAUX.
INES
OH MAIS ATTENDEZ, VOTRE VALISE VOUS GÊNE. MONSIEUR ! VOUS TRAVAILLEZ BIEN DANS CET HÔTEL ?
JE SUIS STAGIAIRE, JE PEUX VOUS AIDER ?
POUVEZ-VOUS TENIR LA VALISE DE M. REDON UN INSTANT S'IL VOUS PLAIT ?
SI ÇA NE VOUS EMBÊTE PAS...
AUCUN SOUCI.
JE ME METS JUSTE À COTÉ, JE LA GARDE PRÉCIEUSEMENT. IL NE PEUT RIEN ARRIVER...
ABSOLUMENT RIEN...
AVEC OU SANS CHAPEAU ?
JULIEN

ÉCHANGE DE MALETTES DANS 5... 4...
3...
2...
1...
HOP !
ET JE PRENDS CELLE-LÀ À LA PLACE. HOPLA !
TCHAK
TCHAK
HOUSTON, LA MALETTE A BIEN DÉCOLLÉ.
ARRIVÉE APPROXIMATIVE DANS 7 SECONDES...
TOM
J'AI TROUVÉ LE DOCUMENT !
DÉPÊCHE !
24/24
JE LE COPIE SUR MON ORDINATEUR DEPUIS LA CLÉ USB DE M. REDON... ALLEZ !
ET C'EST FAIT !
CLAC
ATTENDS, TU SENS PAS UNE ODEUR À LA FOIS ÉTRANGE ET DÉLICIEUSE ?
OH NON ! ÇA Y EST ÇA RECOMMENCE.
SNIF ! SNIF !
SI SI, ÇA SENT LE PLAN DE GÉNIE !
SIGNÉ MANON ! AH AH !
MANON

ON A TROP GÉRÉ ! JE LUI AI RENDU SA MALLETTE IL N'Y A VU QU' DU FEU ! AH AH AH !
TU AS RÉUSSI À RÉCUPÉRER LES NOUVEAUX PLANS DE L'AQUAPLEX ?
OUI ! ET C'EST UNE VÉRITABLE PIÈCE DE COLLECTION !
UNE FOIS IMPRIMÉS ON VA SE FAIRE UNE FORTUNE SUR LEBONFOIN ! HÉ HÉ HÉ !
ET NOTRE RÉPUTATION VA ATTEINDRE...
DES SOMMETS !
TEAM SIMPLEX

Mais si c'est super intéressant !
Le plus court chemin pour aller d'un point A à un point B c'est...
C'est la ligne droite !
Ne... Ne touche pas à cette plante...
Pourquoi est-ce que tu touches cette plante ?
Elle ne t'a rien fait cette pauvre plante...
Dites bonjour à Évariste les filles.
J'ai un nouveau jeu ! Calculez-moi la distance d'ici à l'Aquaplex !
Oooh naan Évariste ! On n'en peut plus des maths là !
Ok ok pas de soucis...
Pas de calculs ?
Pas d'Aquaplex demain...

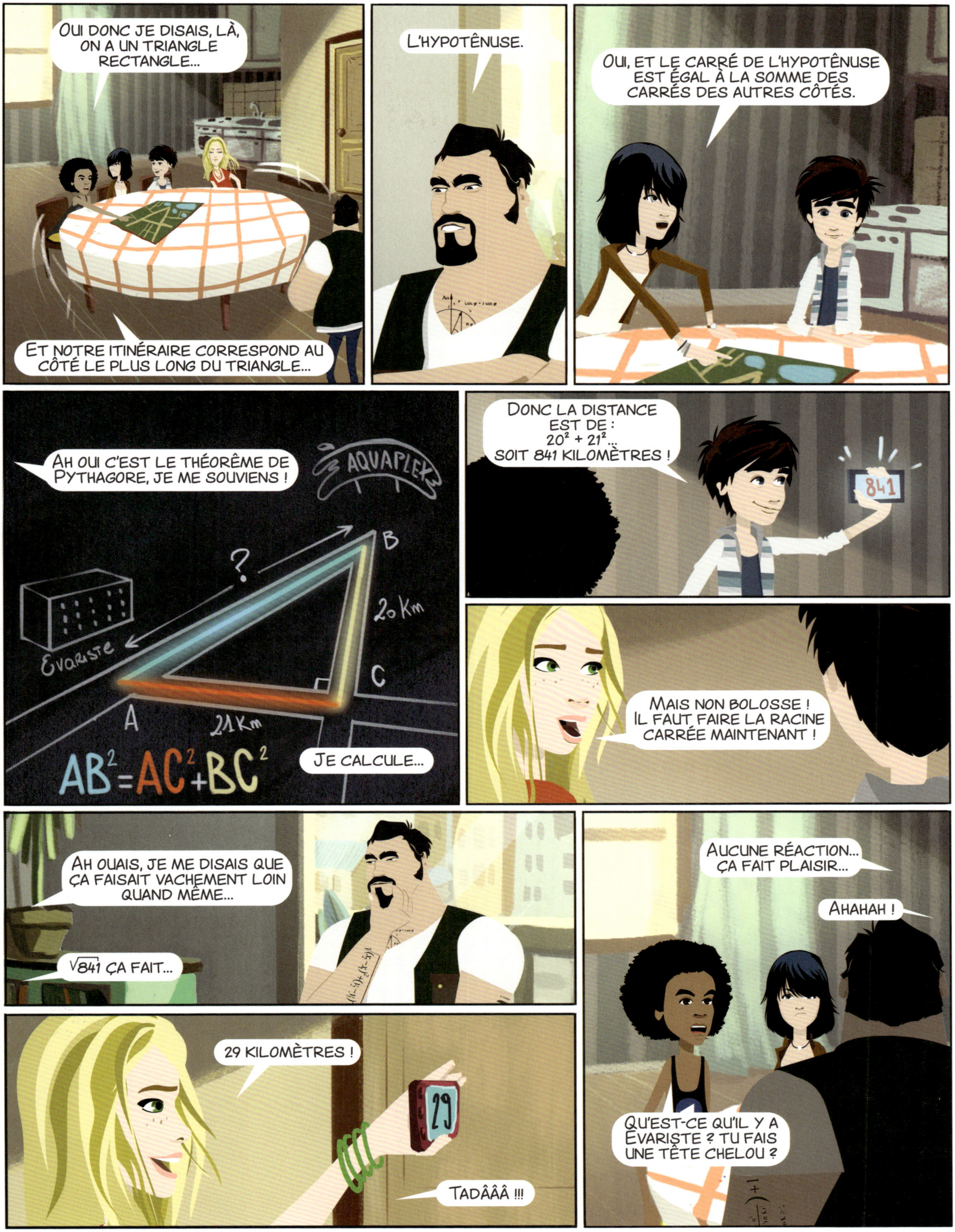
Oui donc je disais, là, on a un triangle rectangle...
Et notre itinéraire correspond au côté le plus long du triangle...
L'hypoténuse.
Oui, et le carré de l'hypoténuse est égal à la somme des carrés des autres côtés.
Ah oui c'est le théorème de Pythagore, je me souviens !
AQUAPLEK
B
20 Km
Evariste
C
A
21 Km
AB² = AC² + BC²
Je calcule...
Donc la distance est de : 20² + 21²... soit 841 kilomètres !
841
Mais non bolosse ! Il faut faire la racine carrée maintenant !
Ah ouais, je me disais que ça faisait vachement loin quand même...
√841 ça fait...
Aucune réaction... ça fait plaisir...
Ahahah !
29 kilomètres !
29
Tadâââ !!!
Qu'est-ce qu'il y a Evariste ? Tu fais une tête chelou ?

QU'EST-CE QUE VOUS AVEZ AVEC CE PARC AQUATIQUE ?!
EXPLIQUEZ-MOI...
TU SAIS EVARISTE...
LA VIE D'UNE ADO N'EST PAS FACILE...
ON A UN JOURNAL INTIME QUE NOTRE FRÈRE NOUS PIQUE...
Cher journal, Aujourd'hui j'ai fait du poney et... c'était super !!
Ouais et tu PUES!
... DES HISTOIRES D'AMOUR QUI NOUS BRISENT LE COEUR...
ET DES COURS QUI NOUS BRISENT LES... LES...
LES NEURONES...
LES NEURONES VOILÀ, EXACTEMENT !
ET L'AQUAPLEX DANS TOUT ÇA EST LA COLLE QUI TIENT L'UNIVERS EN PLACE !
C'EST UN CONCENTRÉ DE BONHEUR PUR...
150 000 M² DE DIVERTISSEMENT
ET SURTOUT UNE NOUVELLE ATTRACTION : LA MÉDUSE
OOOOHHH ! TIMING !
SILENCE S'IL-VOUS PLAIT !
C'EST CLAIRE CHABAL !
PREUM'S SUR LE CANAP' !

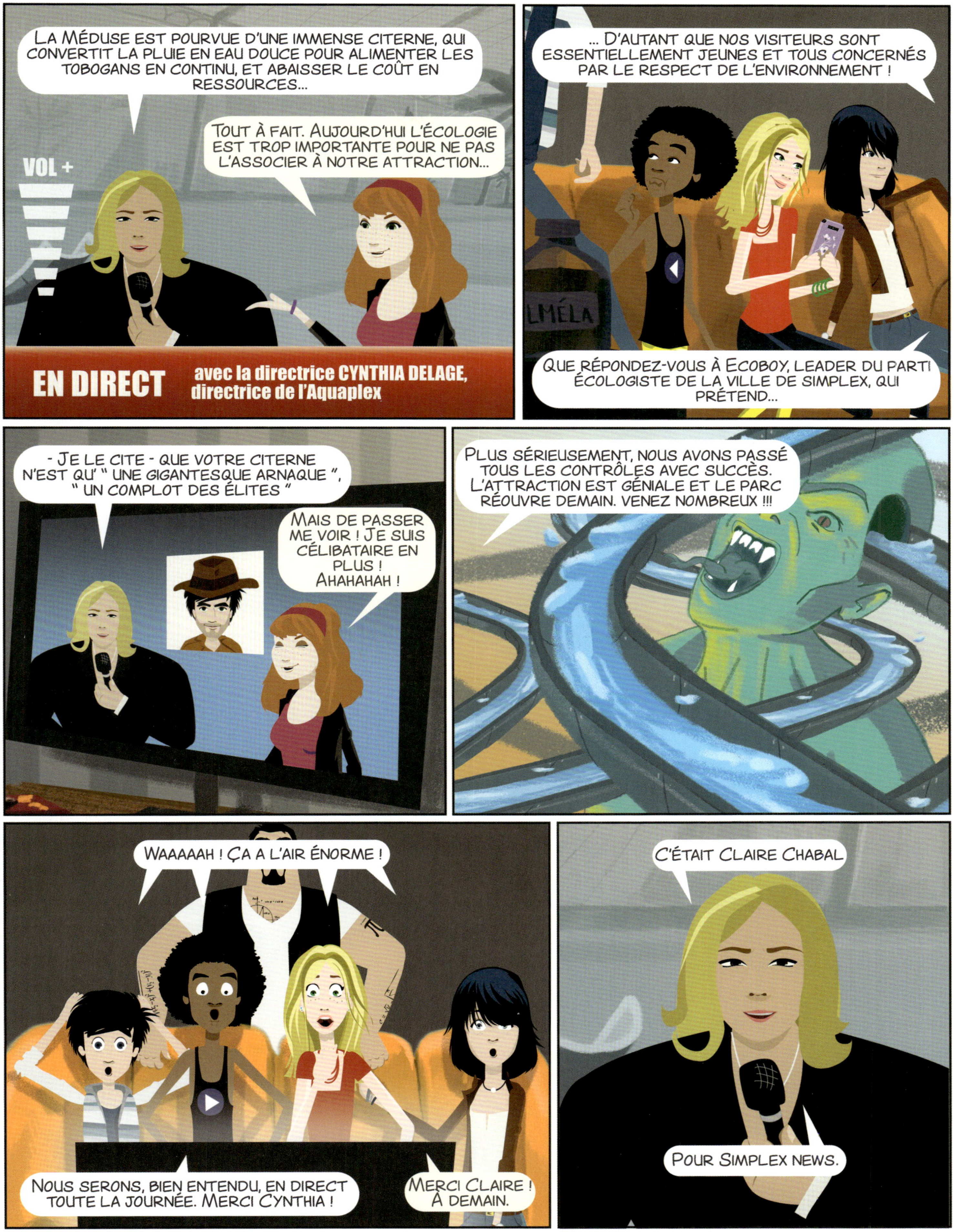
La Méduse est pourvue d'une immense citerne, qui convertit la pluie en eau douce pour alimenter les tobogans en continu, et abaisser le coût en ressources...
VOL +
Tout à fait. Aujourd'hui l'écologie est trop importante pour ne pas l'associer à notre attraction...
EN DIRECT avec la directrice CYNTHIA DELAGE, directrice de l'Aquaplex
... D'autant que nos visiteurs sont essentiellement jeunes et tous concernés par le respect de l'environnement !
Que répondez-vous à Ecoboy, leader du parti écologiste de la ville de Simplex, qui prétend...
- Je le cite - que votre citerne n'est qu' " une gigantesque arnaque ", " un complot des élites "
Mais de passer me voir ! Je suis célibataire en plus ! Ahahahah !
Plus sérieusement, nous avons passé tous les contrôles avec succès. L'attraction est géniale et le parc réouvre demain. Venez nombreux !!!
Waaaaah ! Ça a l'air énorme !
Nous serons, bien entendu, en direct toute la journée. Merci Cynthia !
Merci Claire ! À demain.
C'était Claire Chabal
Pour Simplex news.

Le lendemain...
Mais puisque je vous dis qu'il ne change jamais ses habitudes. Chaque matin à 6h30, il sort donner à manger aux chats du quartier. Ensuite, il rentre regarder la télé et fait des mathématiques toute la journée. Jamais une seule fois il n'est venu sans me prévenir.
POLICE
Rappelez-nous dans 48h d'accord ?
Il y a un souci Mme Mychkyne ?
Oui les enfants...
... Évariste a disparu...
Il ne m'a pas apporté mes médicaments ce matin et il n'a pas nourri les chats.
Vous pensez qu'il aurait pu nous faire faux bond ?
C'est ce que disent les policiers...
Nous faire faux bond à nous tous ?
Certainement pas. Évariste est le type le plus réglo que l'on connaisse !
Sans même parler de ses chats.
Alors qu'est-ce qu'on fait ?

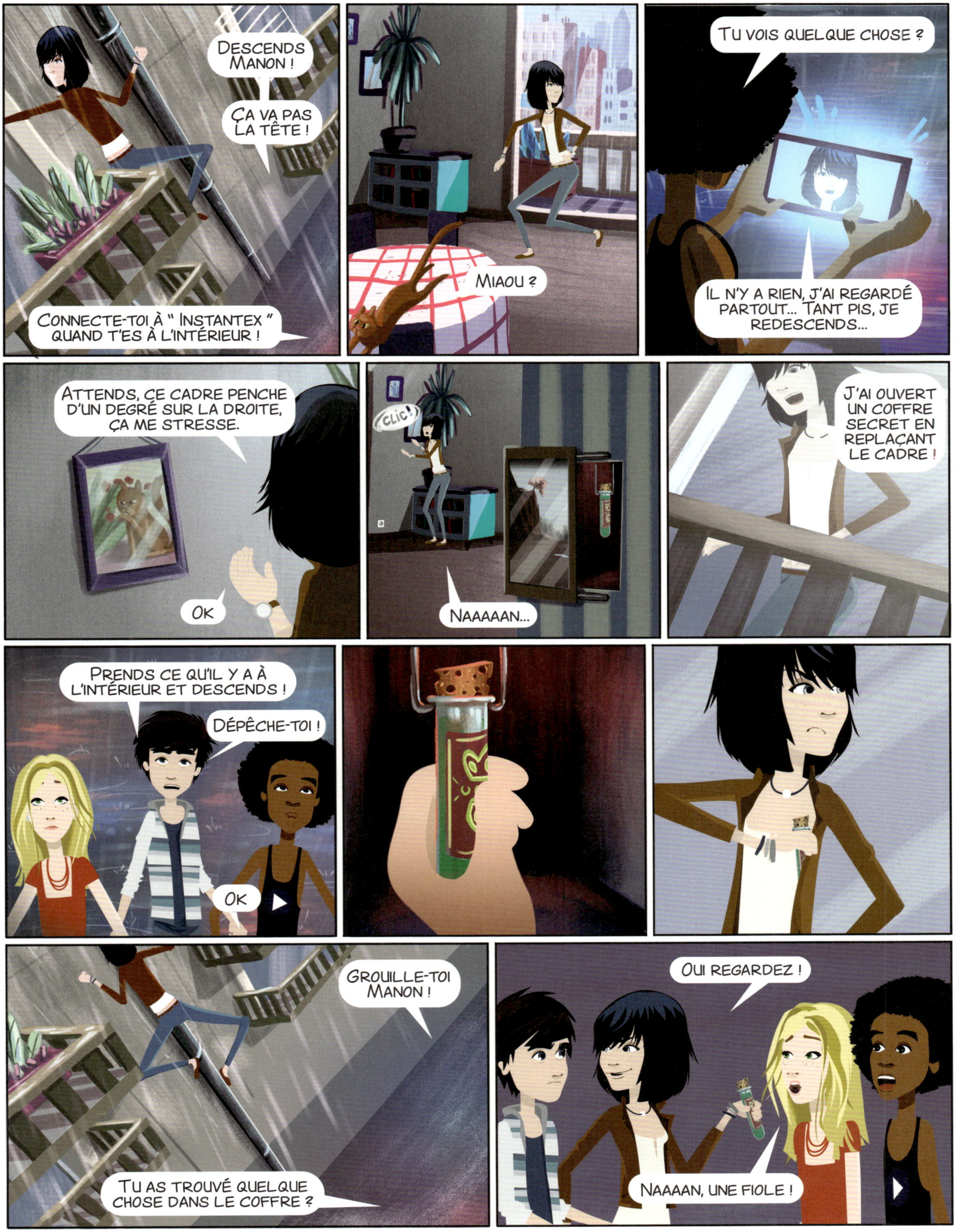

DESCENDS MANON !
ÇA VA PAS LA TÊTE !
CONNECTE-TOI À " INSTANTEX " QUAND T'ES À L'INTÉRIEUR !
MIAOU ?
TU VOIS QUELQUE CHOSE ?
IL N'Y A RIEN, J'AI REGARDÉ PARTOUT... TANT PIS, JE REDESCENDS...
ATTENDS, CE CADRE PENCHE D'UN DEGRÉ SUR LA DROITE, ÇA ME STRESSE.
OK
CLIC !
NAAAAAN...
J'AI OUVERT UN COFFRE SECRET EN REPLAÇANT LE CADRE !
PRENDS CE QU'IL Y A À L'INTÉRIEUR ET DESCENDS !
DÉPÊCHE-TOI !
OK
GROUILLE-TOI MANON !
TU AS TROUVÉ QUELQUE CHOSE DANS LE COFFRE ?
OUI REGARDEZ !
NAAAAN, UNE FIOLE !

C'EST QUOI À L'INTÉRIEUR ?
PLOP !
AH ÇA PUE !
ÇA SENT COMME QUAND JULIEN FAIT DU SPORT
FAIS VOIR !
C'EST QUOI CE LOGO SUR L'ÉTIQUETTE ? ON DIRAIT UN PAPILLON, REGARDEZ.
PRENDS-LE EN PHOTO ON VA " CHECKER " SUR LE NET !
EN TOUT CAS, ÇA DOIT AVOIR UN LIEN AVEC LA DISPARITION D'ÉVARISTE, SI C'ÉTAIT DANS UN COFFRE.
TEAM SIMPLEX, IL SE PASSE QUELQUE CHOSE DE LOUCHE !
ÉVARISTE EST NOTRE AMI ET IL A BESOIN DE NOUS.
QUI EST CHAUD POUR MENER L'ENQUÊTE EN MODE SHERLOCK HOLMES ?
J'SUIS CHAUD BOUILLANT COMME UNE MARMITE !
MOI AUSSI !
OK, MAIS À UNE CONDITION !
IL FAUT QU'ON TROUVE D'AUTRES VÊTEMENTS. SÉRIEUSEMENT ON CRAINT LÀ. C'EST QUOI ÇA ? C'EST UN PULL D'ENQUÊTEUR ? NON.
SI ON VEUT FAIRE LES CHOSES BIEN...
IL FAUT LES FAIRE AVEC LE STYLE !
EN MODE SHERLOCK HOLMES !

BARNABE & PAIRS
Enquêteur à la mode
Formation à la détection d'indices
Accessoires
QUATRE BÉRETS D'ENQUÊTEURS, UNE SALOPETTE, DE LA FICELLE ET DEUX CHAPEAUX DE PAILLE. VOUS DEVRIEZ PRENDRE LA CARTE DU MAGASIN, ÇA VOUS FERAIT DES RÉDUCTIONS...
MAIS VOUS N'ENVOYEZ PAS TROP D'E-MAILS ?
SEULEMENT DES VIDÉOS, LIÉES À DES ENQUÊTES EN COURS DANS LA VILLE DE SIMPLEX. TENEZ REGARDEZ !
CLIC !
DU JOUR AU LENDEMAIN JE NE RECONNAISSAIS PLUS MON PÈRE... IL S'HABILLAIT AVEC DES COSTUMES ET VOYAIT AUSSI MAL QU'UNE CHAUVE-SOURIS. ET PUIS, IL NE CAPTAIT TOUT SIMPLEMENT PLUS RIEN.
ET VOUS DITES QUE VOTRE PAPA N'EST PAS UN CAS ISOLÉ ?
QUAND J'AI COMMENCÉ À POSTER UN APPEL SUR SIMPLEXTUBE, J'AI REÇU BEAUCOUP DE TÉMOIGNAGES SIMILAIRES. SI QUELQU'UN DANS VOTRE ENTOURAGE PRÉSENTE LES MÊMES SYMPTÔMES...
CONTACTEZ-NOUS DE TOUTE URGENCE
ET VOILÀ... C'EST INDISCRET DE VOUS DEMANDER POURQUOI VOUS ACHETEZ TOUT ÇA ?
ON MÈNE UNE ENQUÊTE.
ON A UN AMI QUI A DISPARU.
UNE ENQUÊTE ?...
VOUS ÊTES... SÛRE D'AVOIR CE QU'IL VOUS FAUT ?
VOUS AVEZ RAISON, PEUT-ÊTRE QU'AVEC UN PETIT PERFECTO EN PLUS ON...
JE VEUX DIRE...
INTELLECTUELLEMENT
CLIC !
CLAC !

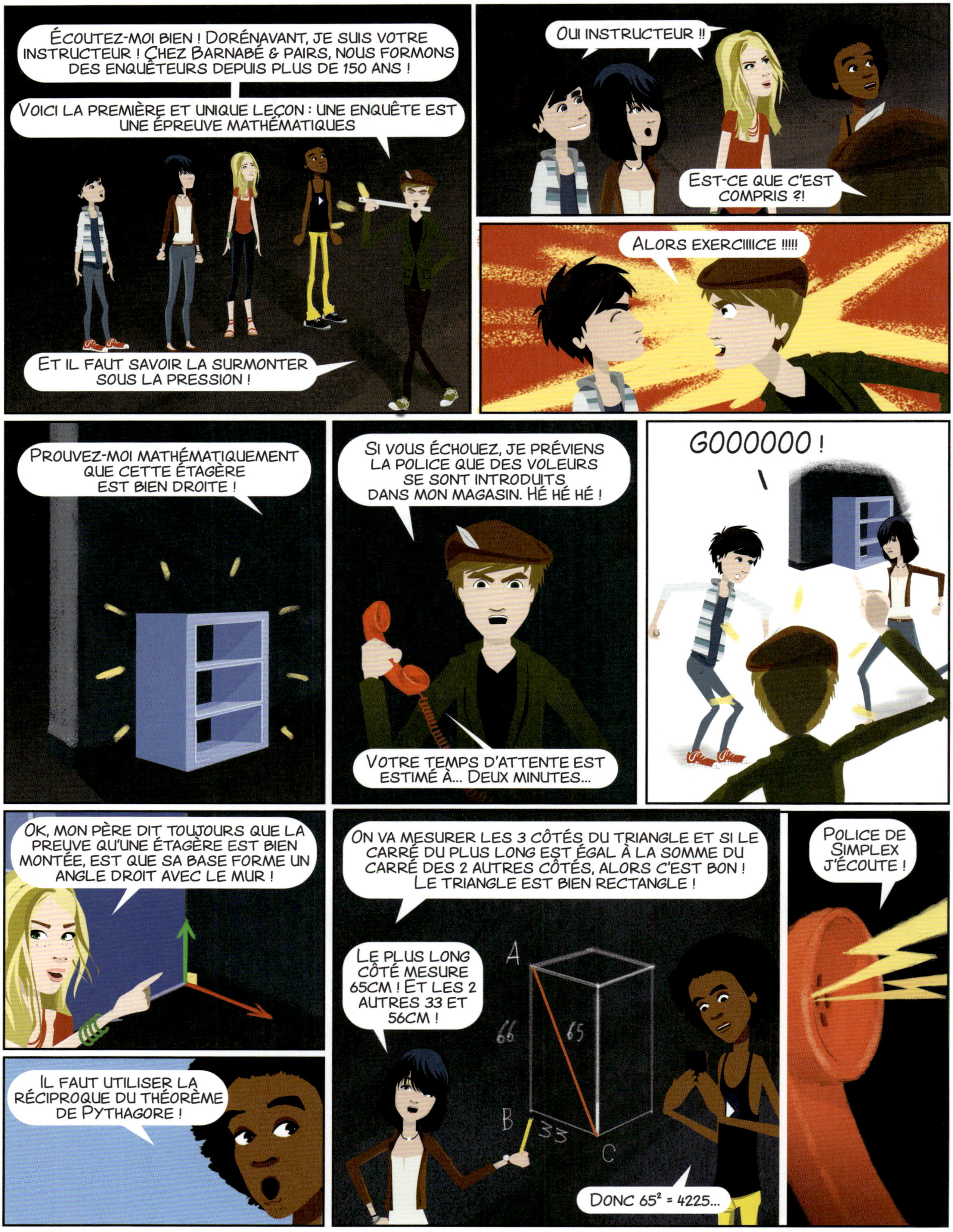

Écoutez-moi bien ! Dorénavant, je suis votre instructeur ! Chez Barnabé & Pairs, nous formons des enquêteurs depuis plus de 150 ans !
Voici la première et unique leçon : une enquête est une épreuve mathématiques
Et il faut savoir la surmonter sous la pression !
Oui instructeur !!
Est-ce que c'est compris ?!
Alors exerciiiice !!!!!
Prouvez-moi mathématiquement que cette étagère est bien droite !
Si vous échouez, je préviens la police que des voleurs se sont introduits dans mon magasin. Hé hé hé !
Votre temps d'attente est estimé à... deux minutes...
GOOOOOO !
Ok, mon père dit toujours que la preuve qu'une étagère est bien montée, est que sa base forme un angle droit avec le mur !
Il faut utiliser la réciproque du théorème de Pythagore !
On va mesurer les 3 côtés du triangle et si le carré du plus long est égal à la somme du carré des 2 autres côtés, alors c'est bon ! Le triangle est bien rectangle !
Le plus long côté mesure 65cm ! Et les 2 autres 33 et 56cm !
A
66
65
B
33
C
Donc 65² = 4225...
Police de Simplex j'écoute !

LA SOMME DES CARRÉS DES DEUX AUTRES CÔTÉS EST AUSSI ÉGALE À 4225 ! LE TRIANGLE EST DONC RECTANGLE ET FORME BIEN UN ANGLE DROIT AVEC LE MUR !
ALLO ?
C'EST BON, L'ÉTAGÈRE EST BIEN MONTÉE !
C'EST JUSTE POUR VOUS DIRE QUE VOUS FAITES UN EXCELLENT BOULOT !
CLING !
UTILISER LA RÉCIPROQUE DU THÉORÈME DE PYTHAGORE, EN PLEIN ÉTAT D'URGENCE...
C'EST VRAIMENT DU TRÈS BON TRAVAIL, BRAVO !
EN RÉCOMPENSE...
... JE VOUS OFFRE CE CHARGEUR DE PORTABLE AUGMENTÉ !
WAAAAAAAAAAAAAAAAA !
IL ENVOIE UNE DÉCHARGE ÉLECTRIQUE QUI FAIT MONTER VOTRE BATTERIE À 100% D'UN SEUL COUP !
FAITES DONC TRÈS ATTENTION ET...
OUVREZ L'OEIL !
VOUS ÊTES DES ENQUÊTEURS TRÈS PROMETTEURS !
REVENEZ ME VOIR QUAND VOUS AUREZ DES INDICES, ON FERA UNE VIDÉO !
ÇA MARCHE, À PLUS TARD ! MERCI !
COUVRE TOI P'PA TU VAS ENCORE CHOPER LA CRÈVE.

En direct de la gare de Complex, le quartier huppé de la ville de Simplex, où un grave incident vient de se déclarer, perturbant le trafic des trains en direction de l'Aquaplex.
FLASH INFO « On a ressenti une forte secousse ! »
Il est 8h30 ce matin, quand des témoins remarquent qu'une épaisse fumée blanche se met à sortir de ce...
Oh mais attendez !!
Un ouvrier sort du tunnel !
Monsieur ! Claire Chabal pour Simplex News !
Que s'est-il passé ?!
Glissement de terrain ?
Essai nucléaire ?
Peut-on parler d'un accident ??
Un accident...
...
Quel accident ?
" Quel accident ? " Nous dit cet ouvrier déboussolé...
Qui pense plutôt qu'il s'agit d'un acte volontaire
Il pourrait en effet s'agir d'une action menée par des groupes écologistes extrêmistes comme Branche Dure ou les Bobocolos
Bobocolos
Les bobos écolos
Afin de porter un coup à la réouverture de l'Aquaplex.
Leur leader Ecoboy se refuse pour l'instant à tout commentaire.

ILS SONT VRAIMENT TARÉS CES GROUPES ÉCOLOGISTES...
D'ABORD ILS KIDNAPPENT NOS AMIS.
ET MAINTENANT ILS EMPÊCHENT CARRÉMENT LES GENS D'ALLER S'AMUSER...
BOBOCOLOS
BB
LES BOBOS ECOLOS
BON MANON, C'EST QUOI LE PLAN ?
ON VA INFILTRER L'ENTREPÔT DES BOBOCOLOS POUR EN SAVOIR PLUS.
HÉ HÉ HÉ !
AVEC CETTE DÉGAINE DE CUL-TERREUX, ON VA NAGER COMME DES POISSONS DANS L'EAU !
FROT FROT
TEAM SIMPLEX
EN MODE CAMÉLÉON !!!

HÉ, MAIS VOUS ÊTES LES CULS-TERREUX !?
COMME DES POISSONS DANS L'EAU HEIN ?
ON RECULE, LENTEMENT.
MAIS SI J'LES R'CONNAIS ! C'EST LES CULS-TERREUX ! LE CÉLÈBRE GROUPE DE FOLK...
... ILS SONT SUPER CONNUS, ILS ONT FAIT UNE TOURNÉE EN AMÉRIQUE LATINE !
MAIS LAISSEZ-NOUS SORTIR !
EXCUSEZ-NOUS, ON VOUDRAIT RENTRER...
BONJOUR, VOUS ALLEZ BIEN ?
HÉ ! ON A DES INSTRUMENTS DE MUSIQUE !
ALLEZ, JOUEZ UN TRUC POUR NOUS S'IL VOUS PLAIT !
ON ADORERAIT MAIS ON VIENT DE MANGER UN GROS BURGER...
ON A UN PEU MAL AU BIDE LÀ.
COMMENT ÇA UN BURGER ?
UN BURGER " VEGGY " ON VOULAIT DIRE !
ET SI ON VOUS JOUAIT UN P'TIT MORCEAU ?
OOUAIIIIIIIS !!!
MAIS QU'EST-CE QUE TU FAIS JULIEN ?
J'IMPROVISE
EST-CE QUE QUELQU'UN A SA FLÛTE ?

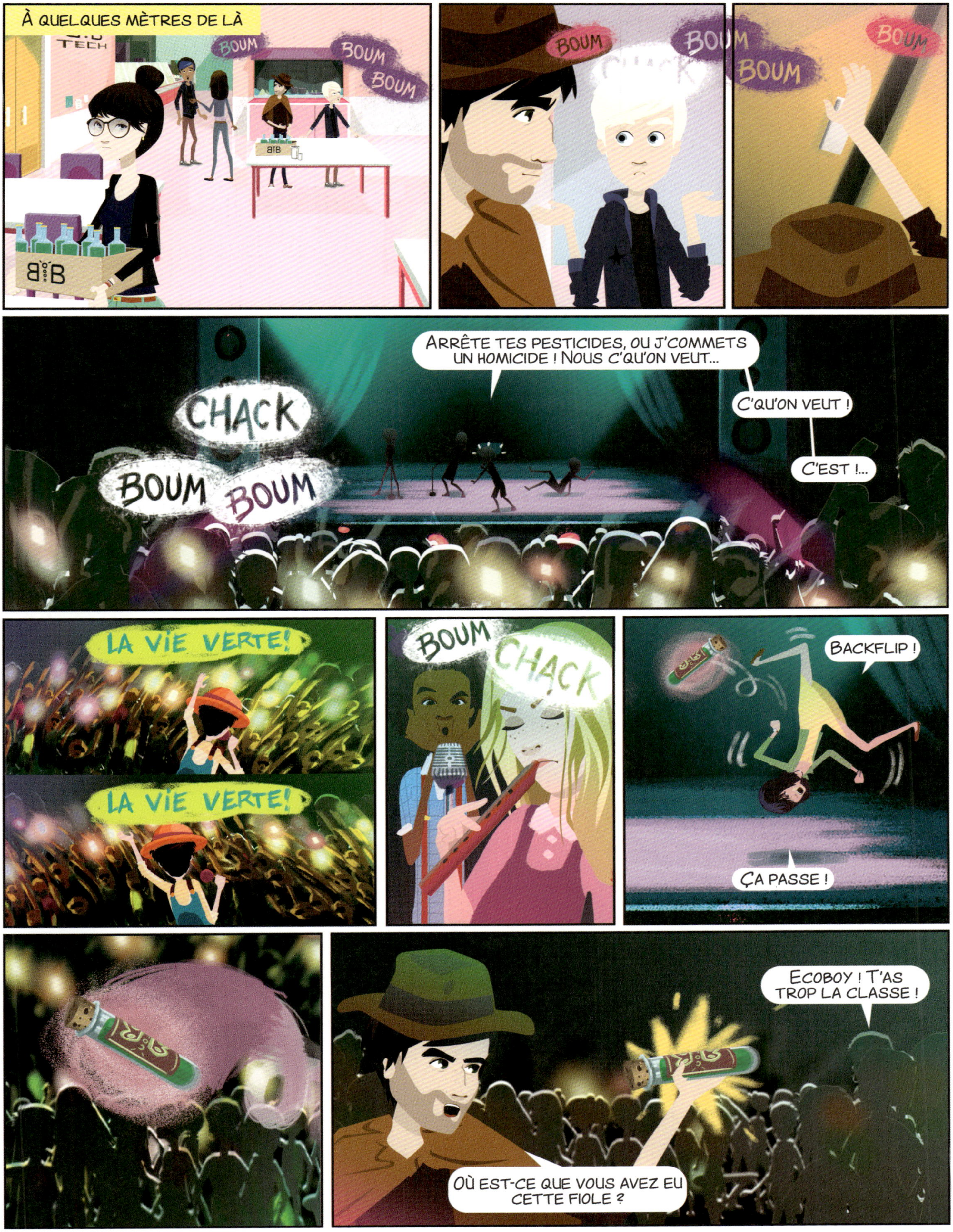
À QUELQUES MÈTRES DE LÀ
BOUM
BOUM
BOUM
BOUM
BOUM
BOUM
BOUM
CHACK
BOUM
BOUM
ARRÊTE TES PESTICIDES, OU J'COMMETS UN HOMICIDE ! NOUS C'QU'ON VEUT...
C'QU'ON VEUT !
C'EST !...
LA VIE VERTE!
LA VIE VERTE!
BOUM
CHACK
BACKFLIP !
ÇA PASSE !
ECOBOY ! T'AS TROP LA CLASSE !
OÙ EST-CE QUE VOUS AVEZ EU CETTE FIOLE ?

BONNE QUESTION !
ON L'A TROUVÉE DANS LE COFFRE SECRET DE NOTRE AMI QUI S'EST FAIT KIDNAPPER. ÉVARISTE EULER, UN GRAND MEC BALÈZE PAS TRÈS CAUSANT.
ÇA VOUS DIT PEUT ÊTRE QUELQUE CHOSE ?
SUIVEZ-MOI...
SI VOUS ÊTES BIEN INSTALLÉS, JE VAIS RÉPONDRE À VOTRE QUESTION...
ÉCOUTEZ MON HISTOIRE
ON RÉALISAIT UN DOCUMENTAIRE HIER SOIR AVEC MON ÉQUIPE PRÈS DE SHANBOOM. VOUS CONNAISSEZ SHANBOOM ?
SHANBOOM
LES SHAMPOINGS SHANBOOM ?
BIEN SUR ! C'EST LES MEILLEURS SHAMPOINGS DU MONDE !
CE SONT SURTOUT LES PLUS CHIMIQUES !
SHANBOOM DÉVERSE CHAQUE ANNÉE DES TONNES DE PRODUITS INTERDITS DANS LES RIVIÈRES DE SIMPLEX...

On tournait justement une scène pour les dénoncer, quand un grand type est entré dans le champ de notre caméra
Je lui ai dit de faire attention aux propres caméras de surveillance de Shanboom.
Sécurité
Mais je l'ai surpris et il a échappé sa fiole...
Alors je lui en ai prêté une des nôtres.
Qu'est-ce qu'il faisait là bas ?
Il recueillait des échantillons mais je n'en sais pas plus...
Hé mais en fait c'est un écolo Évariste !
Tu dis ça comme si c'était une insulte. C'est génial d'être écolo ! Tu te fais pleins de potes et tu sauves la planète !
Après c'est sûr, il faut faire des compromis. Ces bracelets à la mode par exemple, il ne faut pas les acheter
Leur coût pour la planète est monstrueux...
Mais ce sont mes bracelets préférés...
Chef ! On vous attend pour la manif' contre l'Aquaplex
J'arrive
Une dernière chose...
Shanboom est une entreprise très dangereuse. Elle utilise la violence contre ceux qui enquêtent à son sujet et menacent ses profits. Faites très attention !!!

Si Évariste a été filmé hier soir par Shanboom, il y a sans doute un lien avec sa disparition.
C'est exactement ce que je pensais. Allons-y !
Qu'est-ce qu'il fait ce type ? On dirait qu'il vient vers nous.
Hiiiiinnn!
C'est pas " on dirait ", il fonce droit sur nous !
Team Simplex on fonce !
Aaaah, il va nous percuter !!!
Dérapage gauche !!!
Il est toujours derrière nous ?!
Il nous rattrape oui !

LA RUELLE LÀ-BAS !!
IL PASSERA JAMAIS !
PARCE QUE NOUS SI ??!!
YES !!!
VRRRR
IL EST PASSÉ !!!
S'IL Y A UNE VOITURE QUAND ON SORT DE LA RUELLE ON EST FICHUS !!!
AAAAAAAAAAA
PAF

MONSIEUR ! VOUS ALLEZ BIEN ?!
J'AI EU TROP PEUR !...
VOUS PENSEZ QUE C'EST UN TYPE ENVOYÉ PAR SHANBOOM ?
JE SAIS PAS MAIS C'EST UN VRAI PSYCHOPATHE !
AU VOLEUR !
CLAC!
VVRRRRR
AAHAHAHAHAHAHAHAHAHAHAHAHAHAH !!!
ÇA Y EST, IL CRAQUE !
TA TÊTE MANON ! AH AH AH ! J'T'IMITE !
AAAAH ON VA SE FAIRE PERCUTER...
OUPS PARDON MESDAMES.
BOUM
NAN MAIS C'EST QUOI CE...
DÉLIRE...

ÉVARISTE !!
JE NE VOUS AI PAS FAIT MAL J'ESPÈRE ?
J'EN CROIS PAS MES YEUX ! QU'EST-CE QUE TU FAIS LÀ ??
TU SAIS PAS QU'ON A FAILLI SE FAIRE TUER POUR TOI ?! ET TU ÉTAIS OÙ ?
HEIN ? TU ÉTAIS OÙ ? LE MEC ON LE CHERCHE PARTOUT ET EN FAIT IL FAIT SES COURSES HABILLÉ EN COSTUME ! TRANQUILLE !
MAIS RÉPONDS AU LIEU DE NOUS REGARDER AVEC TES YEUX DE MERLANS FRITS !
TU VAS A UN MARIAGE EN FAIT C'EST ÇA ? T'AS UNE MEUF ET TU NOUS L'AS JAMAIS DIT !
MAIS...
... ON SE CONNAIT ?
BLASPHÈME

BONJOUR MONSIEUR. VOUS ALLEZ BIEN ?
1 - ÉVARISTE VOIT VRAIMENT RIEN...
2 - IL PORTE DES COSTUMES...
ET 3 - SON CERVEAU IL EST À L'OUEST.
VOUS VOUS RAPPELEZ LA VIDÉO QUE BARNABÉ NOUS A MONTRÉE ? LA MEUF PARLAIT DES MÊMES SYMPTÔMES !
IL FAUT QU'ON LA CONTACTE !
PAF
INÈS, LA VIDÉO EST SUR TON E-MAIL PUISQUE BARNABÉ T'A INSCRIT À SA NEWSLETTER.
EXACT !
ENSUITE ON VA SE SÉPARER EN DEUX GROUPES. REGARDEZ, J'AI DESSINÉ UN PLAN D'ACTION !
INÈS ET JULIEN, VOUS FAITES ÉQUIPE ET VOUS ENQUÊTEZ À SHANBOOM...
loupe
INÈS
JULIEN
Shanboom
EN FAISANT SUPER GAFFE BIEN SÛR.
TOM ET MOI ON VA ALLER INTERROGER CETTE FILLE QUI A DES INFOS SUR L'ÉTAT D'ÉVARISTE
Moi
Tom
Léa
ET ENSUITE...
... ON SE RETROUVE CHEZ BARNABÉ POUR CENTRALISER LES INFORMATIONS ET PRENDRE UN GOÛTER, D'ACCORD ?
inès
Julien
moi
Tom
BARNABÉ
son père chelou
ET QU'EST-CE QU'ON FAIT D'ÉVARISTE ?

AAAAAAAAAAAAAAAAAAAHH !
OH MAIS C'EST UN CHAMPIGNON !
JE VAIS TE MANGER DANS UNE OMELETTE !
CRAC
ON PEUT PAS LE LAISSER COMME ÇA, L'UN DE NOUS DOIT S'EN OCCUPER.
JE CONFIRME !
J'AI UNE MÉTHODE POUR SAVOIR QUI VA S'OCCUPER DE CE GROS BALOURD.
DANS LES TEMPS ANCIENS DU JAPON, ON JOUAIT CE GENRE DE DÉCISIONS AUX DÉS.
SIMPLEX
CHAQUE ÉQUIPE CHOISIT UN NOMBRE, ET CELUI QUI TOMBE TROIS FOIS SUR SON NUMÉRO EN PREMIER A GAGNÉ !
UNE MINUTE PLUS TARD
ENCORE ! MAIS TU TRICHES, C'EST PAS POSSIBLE !
7 ! AH AH AH !
J'INSCRIS UN DEUXIÈME BÂTON POUR NOTRE ÉQUIPE ! AH AH !
Ines Julien
Manon + Tom
NAN !...
NAN ! C'EST MOI QUI ÉCRIS !
... DONNE-MOI CE STYLO !!
SI LE 7 TOMBE ENCORE UNE FOIS...
NAN C'EST LE 10 QUI VA SORTIR JE LE SENS !

7 ! AH AH AH ! ON A GAGNÉ TROIS MANCHES !
C'EST VOUS LES BABYSITTERS !
PFFF
JE SUIS SÛR QUE T'AS TRICHÉ ! DIS COMMENT TU AS FAIT ?
EN FAIT C'EST ÉVARISTE QUI NOUS A MONTRÉ CE TRUC UNE FOIS !
À CHAQUE NOMBRE EST ASSOCIÉ UNE PROBABILITÉ.
IL A PLUS DE CHANCES DE SORTIR S'IL Y A PLUSIEURS COMBINAISONS DE DÉS QUI PERMETTENT DE L'OBTENIR...
C'EST LOGIQUE !
OUAIS J'AI PAS TOUT COMPRIS, TU PARLES UN PEU VITE POUR UN MEC QU'EST NUL EN MATHS...
MAIS SI, REGARDE !
LE 7, TU PEUX L'OBTENIR EN FAISANT UN 3 ET UN 4, OU UN 4 ET UN 3.
OU BIEN EN FAISANT UN 2 ET UN 5, OU UN 5 ET UN 2.
AH OUI, OU UN 1 ET UN 6 OU INVERSEMENT !
ÇA FAIT 6 COMBINAISONS GAGNANTES.
CONTRE SEULEMENT 3 LORSQUE TU PARIES SUR UN 10. LA PROBABILITÉ DE GAGNER EN PARIANT SUR UN 7 EST DONC PLUS ÉLEVÉE AH AH AH !
BANDE DE NULS !
C'EST TOI QU'EST NULLE !
T'AS MÊME PAS CAPTÉ QUE J'AI PASSÉ LA CORDE À TON POIGNET EN TE PRENANT LE STYLO !
AH ! AH ! AH ! À TOUT À L'HEURE ! BON COURAGE AVEC ÉVARISTE !
COMMENT J'LE DÉTESTE.

J'ÉTAIS À ÇA CHEF...
JLS ONT EU LA TROUILLE DE LEUR VIE AH AH ! C'EST SÛR !
REGARDE-MOI DANS LES YEUX.
DESCENDS DE CETTE VOITURE. TU NE TRAVAILLES PLUS POUR MOI.
ON DIT DE TOI QUE TU AS UNE CHANCE LÉGENDAIRE...
EST-CE QUE JE PEUX COMPTER SUR TOI POUR LA FAIRE TOURNER EN NOTRE FAVEUR ?
BIEN SÛR CHEF, VOUS NE SEREZ PAS DÉÇU.
TRÈS BIEN. ALORS... DÉBARRASSE-NOUS DE CES VERMINES UNE BONNE FOIS POUR TOUTES !!!

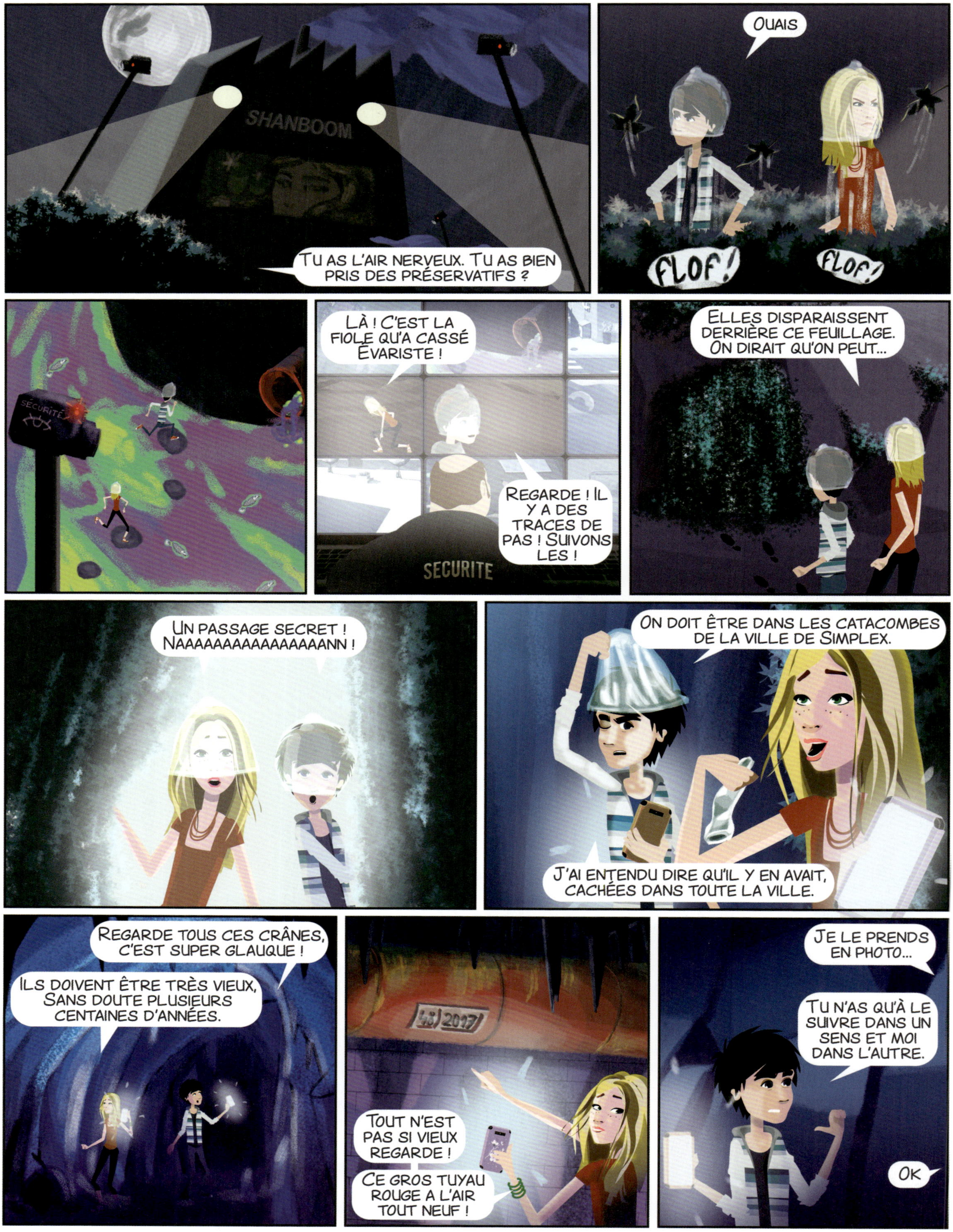
SHANBOOM
TU AS L'AIR NERVEUX. TU AS BIEN PRIS DES PRÉSERVATIFS ?
OUAIS
FLOF !
FLOF !
SÉCURITÉ
LÀ ! C'EST LA FIOLE QU'A CASSÉ ÉVARISTE !
REGARDE ! IL Y A DES TRACES DE PAS ! SUIVONS LES !
SECURITE
ELLES DISPARAISSENT DERRIÈRE CE FEUILLAGE. ON DIRAIT QU'ON PEUT...
UN PASSAGE SECRET ! NAAAAAAAAAAAAAAAANN !
ON DOIT ÊTRE DANS LES CATACOMBES DE LA VILLE DE SIMPLEX.
J'AI ENTENDU DIRE QU'IL Y EN AVAIT, CACHÉES DANS TOUTE LA VILLE.
REGARDE TOUS CES CRÂNES, C'EST SUPER GLAUQUE !
ILS DOIVENT ÊTRE TRÈS VIEUX, SANS DOUTE PLUSIEURS CENTAINES D'ANNÉES.
2017
TOUT N'EST PAS SI VIEUX REGARDE !
CE GROS TUYAU ROUGE A L'AIR TOUT NEUF !
JE LE PRENDS EN PHOTO...
TU N'AS QU'À LE SUIVRE DANS UN SENS ET MOI DANS L'AUTRE.
OK

JULIEN !
JULIEN REGARDE !
ON DIRAIT QU'ON A CASSÉ CE MUR POUR LE RACCORDER...
... À LA SORTIE DES EAUX USÉES DE SHANBOOM !
SHANBOOM
ÇA SHLINGUE C'EST INFÂME !
LA QUESTION À 10 000 $ EST : OÙ SHANBOOM DÉVERSE-T-ELLE SES DÉCHETS TOXIQUES MAINTENANT ?
REGARDE, ILS ONT CASSÉ CE MUR AUSSI.
IL A DU Y AVOIR UNE FORTE DÉTONATION ! TU AS VU LA DISTANCE ENTRE LE MUR ET LES BRIQUES ?
C'EST QUOI ÇA ?
TU SAIS CE QUE C'EST ?
UN MORCEAU DU T-SHIRT D'EVARISTE !
C'EST ICI QUE LE GÉANT EST TOMBÉ...

73 ! C'EST ICI !
73
ALLEZ, VIENS ÉVARISTE !
J'EN SUIS LÀ DE MON ENQUÊTE. ENTREZ, ON A RENDEZ-VOUS.
SUNG JIN SEO
ENERGETICIEN THERAPIES DOUCES
DIPLÔME DE L'ACADEMIE
DE SEOUL JUNO
VISION : 0. MÉMOIRE : 0. CERVEAU : 2. LOOK, 0 AUSSI MAIS LÀ C'EST LA TEMPÉRATURE ÉTANT DONNÉ QU'IL EST HABILLÉ COMME UN PINGOUIN.
MHM
CE QUI EST ÉTRANGE CAR ÉVARISTE REFUSE CATÉGORIQUEMENT DE PORTER DES COSTUMES...
JE VAIS TENTER UNE PETITE VISION.
JE SUIS FORMEL !
VOTRE AMI A ÉTÉ HYPNOTISÉ. ET IL N'Y A RIEN QUE JE PUISSE FAIRE.
SE POURRAIT-IL QUE D'AUTRES PERSONNES PRÉSENTANT LES MÊMES SYMPTÔMES L'AIENT ÉTÉ EUX AUSSI ?
ABSOLUMENT. ON UTILISE L'HYPNOSE À DES FINS THÉRAPEUTIQUES; POUR ARRÊTER DE FUMER OU PRATIQUER DES ANESTHÉSIES.
MAIS VOUS TROUVEREZ TOUJOURS DES PERSONNES MALVEILLANTES POUR JOUER LES APPRENTIS SORCIERS.
ET CEUX-CI ONT TENDANCE À BEAUCOUP PRATIQUER...
Cause des symptômes !
- Contact extra-terrestres.
- invasion de zombies
- hypnose
CEPENDANT JE M'INQUIÈTE. UNE PERTE DE MÉMOIRE SI PROFONDE EST TRÈS RARE...

Sans compter le fait de dépasser la barrière morale du patient
Pour faire simple...
... Vous avez affaire à un praticien très puissant.
Attendez, bougez pas.
SNAP!
Oups, désolé, déformation professionnelle.
FLUSH!!
Wake up !
Tenez, prenez ce miroir
Si jamais vous croisez ce puissant praticien, mettez ce miroir entre lui et vous quand il vous lance sa formule
Comme cela, vous lui renverrez son hypnose
C'est un vieux truc mais ça marche à merveille
WAAAAH
Merci maître
Mhmh
Allez, allez, allez-vous en, j'ai à faire.
Il faut encore trouver le moyen de les sortir de leur hypnose ! Je dois justement retrouver l'ouvrier qui est passé sur Simplex News tout à l'heure.
Il semble avoir retrouvé la mémoire et un comportement normal.
Au fait, je ne sais pas comment vous le dire mais...
L'hypnose est dégénérescente dans certain cas...
Ton père...
Il est à l'hôpital en soins intensifs...
Alors il n'y a pas une seconde à perdre. On s'appelle quand on a des news Léa. Yaaaaa !

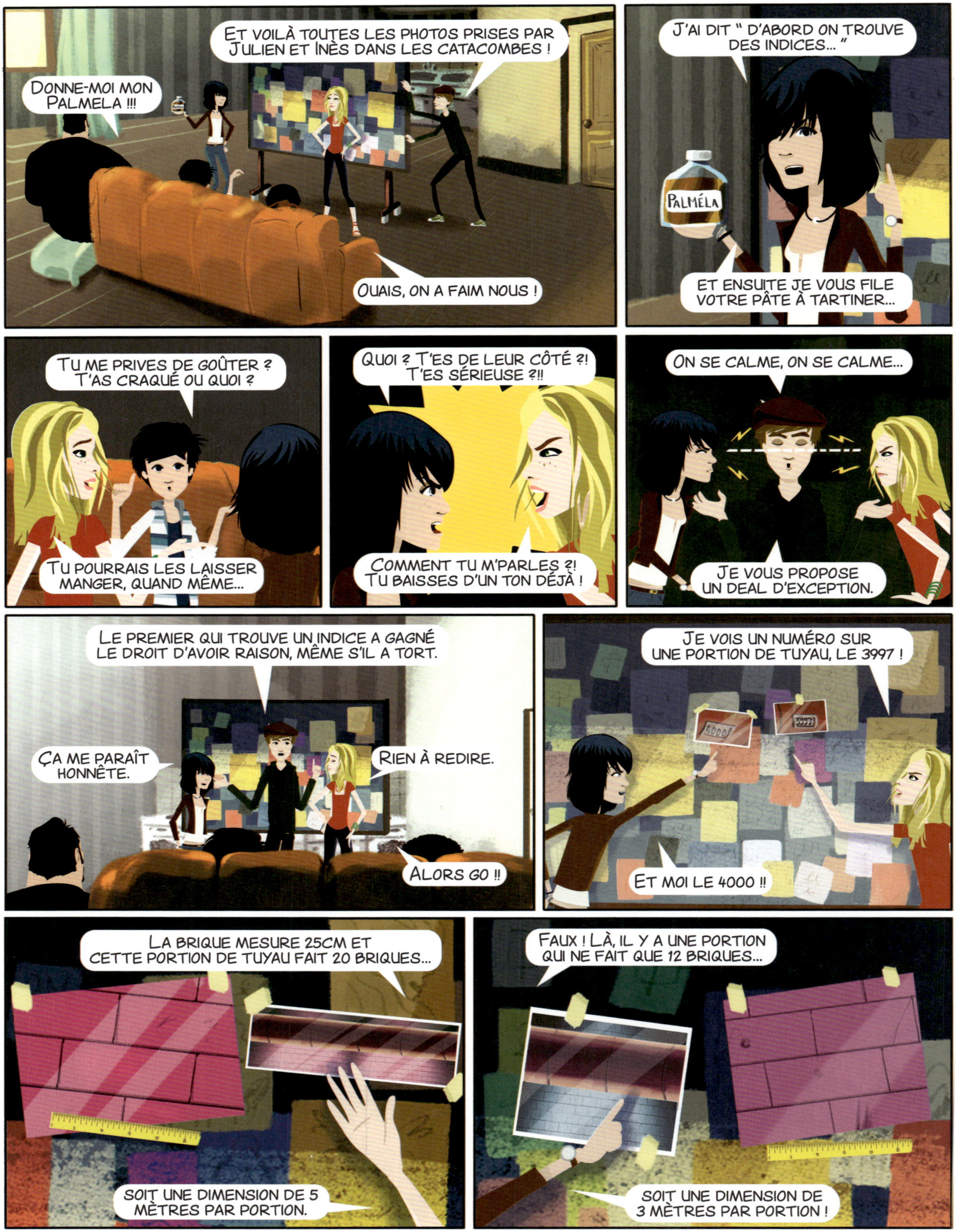
Et voilà toutes les photos prises par Julien et Inès dans les catacombes !
Donne-moi mon Palmela !!!
Ouais, on a faim nous !
J'ai dit " d'abord on trouve des indices... "
Palméla
Et ensuite je vous file votre pâte à tartiner...
Tu me prives de goûter ? T'as craqué ou quoi ?
Tu pourrais les laisser manger, quand même...
Quoi ? T'es de leur côté ?! T'es sérieuse ?!!
Comment tu m'parles ?! Tu baisses d'un ton déjà !
On se calme, on se calme...
Je vous propose un deal d'exception.
Le premier qui trouve un indice a gagné le droit d'avoir raison, même s'il a tort.
Ça me paraît honnête.
Rien à redire.
Alors go !!
Je vois un numéro sur une portion de tuyau, le 3997 !
Et moi le 4000 !!
La brique mesure 25cm et cette portion de tuyau fait 20 briques...
Soit une dimension de 5 mètres par portion.
Faux ! Là, il y a une portion qui ne fait que 12 briques...
Soit une dimension de 3 mètres par portion !

PAS FAUX DU TOUT ! IL Y A DEUX TYPES DE PORTIONS DE TUYAU. UNE PETITE ET UNE GRANDE.
LES FILLES, JE VOUS RAMÈNE UN TABLEAU POUR LES CALCULS.
PALMÉLA
PLUS PRÉCISÉMENT...
5m
3m
TOUTES LES 3 GRANDES PORTIONS DE TUYAU, IL Y EN A UNE PETITE.
ON A DONC UN BLOC DE 4 PORTIONS QUI FAIT 3 X 5 + 3, CE QUI FAIT 18. SI ON PART DU PRINCIPE QUE LES TUYAUX VONT DE 4000 JUSQU'À 0...
5m
3m
18
... ALORS IL SUFFIT DE MULTIPLIER TOUT ÇA PAR 10 !
4 TUYAUX COUVRENT 18M, DONC 40 TUYAUX COUVRENT 180M, 400 TUYAUX, 1800M ET 4000 TUYAUX COUVRENT 18000M. SOIT 18KM !
LES FILLES JE VOUS RAMÈNE UNE CARTE DE LA VILLE DE SIMPLEX.
EN PRENANT EN COMPTE LA DIRECTION DU TUYAU, ON TOMBE SUR...
AQUAPLEX
CLOCHER DES DAMNÉS
SHANBOOM
L'AQUAPLEX !
BOUM.
MEUF, T'ES TROP FORTE !
CLAP
CLAP
C'EST TOI LA CHAMPIONNE INÈS !!!
ALORS ON A GAGNÉ QUOI ?
UN ALLER À L'AQUAPLEX PARDI !
Le Barnabus
CLING!
CLING!
CLING!

CLAIRE CHABAL POUR SIMPLEX NEWS
LE CIEL EST NOIR AU-DESSUS DE NOS TÊTES, MAIS LA JOIE EST LUMINEUSE...
EN DIRECT
... DANS LE COEUR DE CEUX QUI SE RENDENT PAR MILLIERS DANS LE PLUS GRAND PARC D'ATTRACTIONS DE LA VILLE DE SIMPLEX...
C'EST CLAIRE CHABAL !
ON PASSE À LA TÉLÉ !
OUHOUH !
Le Barnabus
REGIE DU CINEMA
TACOS
VEHICULE DE FILATURE
... POUR DÉCOUVRIR...
... LA TONITRUANTE...
L'ENVOÛTANTE
LA TERRIFIANTE !
AQUAPLEX
SIMPLEX EXT.
AQUAPLEX
10 KM
L'ABRACADABRANTESQUE !
MEDUUUUUUUUUUUUSE !!!

ET C'EST... COUPÉ !
CLIC
C'ÉTAIT PAS MAL ÇA LES GARS, HEIN ?
PFFF
ON APPELLE ÇA UNE ACCUMULATION.
C'EST PAS DANS VOS ÉCOLES DE JOURNALISME QUE VOUS APPRENDREZ ÇA !
CHEF !
JE VIENS D'AVOIR UN APPEL. APPAREMMENT Y A PAS MAL DE GAMINS QUI SE GRATTENT DE PARTOUT DANS L'AQUAPLEX.
ILS ONT DES PLAQUES ROUGES AVEC DES PUSTULES, ÇA POURRAIT NOUS FAIRE DE L'AUDIMAT ÇA !
ET BAH QU'EST-CE QUE VOUS ATTENDEZ ? ON Y VA TOUT DE SUITE ! ALLEZ ! ALLEZ ! ALLEZ !
CLAIRE CHABAL TRANSFORME L'INFO...
EUH L'ESSAI !
C'ÉTAIT QUOI ÇA ?!! FILME LE SOL ! FILME LE SOL !
ON AURAIT DIT UNE SECOUSSE ! SAUF QU'IL N'Y A PAS DE VOLCAN À SIMPLEX !
OH ! OOOH !
REC
ÇA SE DIRIGE DROIT VERS L'AQUAPLEX !

LÀ-BAS ! UN EMPLOYÉ !
... ET CE GROS TUYAU ARRIVE JUSQU'ICI ET CONTAMINE SANS DOUTE L'EAU DU PARC, VOUS COMPRENEZ ?
EN PLUS SHANBOOM FABRIQUE UN NOUVEAU SHAMPOING QUI CONTIENT ENCORE PLUS DE PRODUITS CHIMIQUES !!
IL FAUDRAIT QU'ON EN PARLE À LA DIRECTRICE ! MONTEZ DANS LA VOITURETTE !
MAIS IL FAIT QUOI BARNABÉ ? ON L'ATTEND OU PAS ?
NON, TANT PIS POUR LUI, IL AVAIT QU'À ÊTRE PLUS RAPIDE !
EN ROUTE MATELOT !
SMACK
ÇA VA ÉVARISTE ? ON DIRAIT QU'IL EST AGITÉ.
QU'EST-CE QUE...
REGARDEZ !
ON DIRAIT QU'IL A VU LA VIERGE...
MIEUX !

La Méduse...
Waaaaaaaaaaaaaaaaaa...
On la voit encore... on la voit encore... on la voit encore un tout p'tit peu...
On la voit plus.
On est arrivés. Attendez ne bougez pas.
Bip..
Bip..
Bip..

BYE, BYE, TEAM SIMPLEX !
HÉ MAIS QU'EST-CE QU'IL FAIT ?!
VOUS AVEZ VU ? IL NOUS A ENFERMÉS !
J'DESCENDS VOIR !
FLOC
DE L'EAU !
DE L'EAU SE MET À MONTER !
IL NOUS A TENDU UN PIÈGE !
CETTE PORTE EST FERMÉE !
SORS DE LÀ ÉVARISTE !
AIDEZ-MOI À FAIRE BASCULER CETTE ARMOIRE !
ON VA MONTER DESSUS POUR ÊTRE PRÈS DU PLAFOND.
BOUM !
C'EST QUOI ÇA ?
ÇA RESSEMBLE À UNE ÉNIGME !
96°
?
118°
80°
? =
PORTE
REGARDE LE CODAGE SUR LE QUADRILATÈRE DESSINÉ, C'EST UN POINT D'INTERROGATION !
SI J'EN CROIS LE DESSIN, ÇA DONNE LE CODE DE CETTE PORTE LÀ-BAS !
CLAP
CLAP
ALLEZ TEAM SIMPLEX, ON S'Y MET ! ON SE GROUILLE !!

Des brûlures sur les bras et des dizaines d'enfants !
Votre machine était sensée traiter les eaux usées suffisamment, pour qu'il n'y ait que quelques cas isolés !
Cela fonctionnerait si nous ne traitions pas l'eau de pluie en même temps Madame !
Les " ajustements " que vous avez apportés consomment beaucoup trop d'énergie ! La machine est trop vieille pour traiter à la fois l'eau de pluie et les eaux usées !
Il faut faire un choix ! La santé des visiteurs ou la satisfaction des médias !
Les visiteurs et les médias sont une seule et même chose imbécile !!!
SLAP
Ils ont tous un téléphone portable pour mettre en ligne n'importe quoi !
Si nous continuons d'accélérer la cadence, nous allons avoir des ennuis beaucoup plus graves !!
Si tu ne le fais pas immédiatement, je te transforme en légume espèce de cloporte.
Viiiiiiiii i

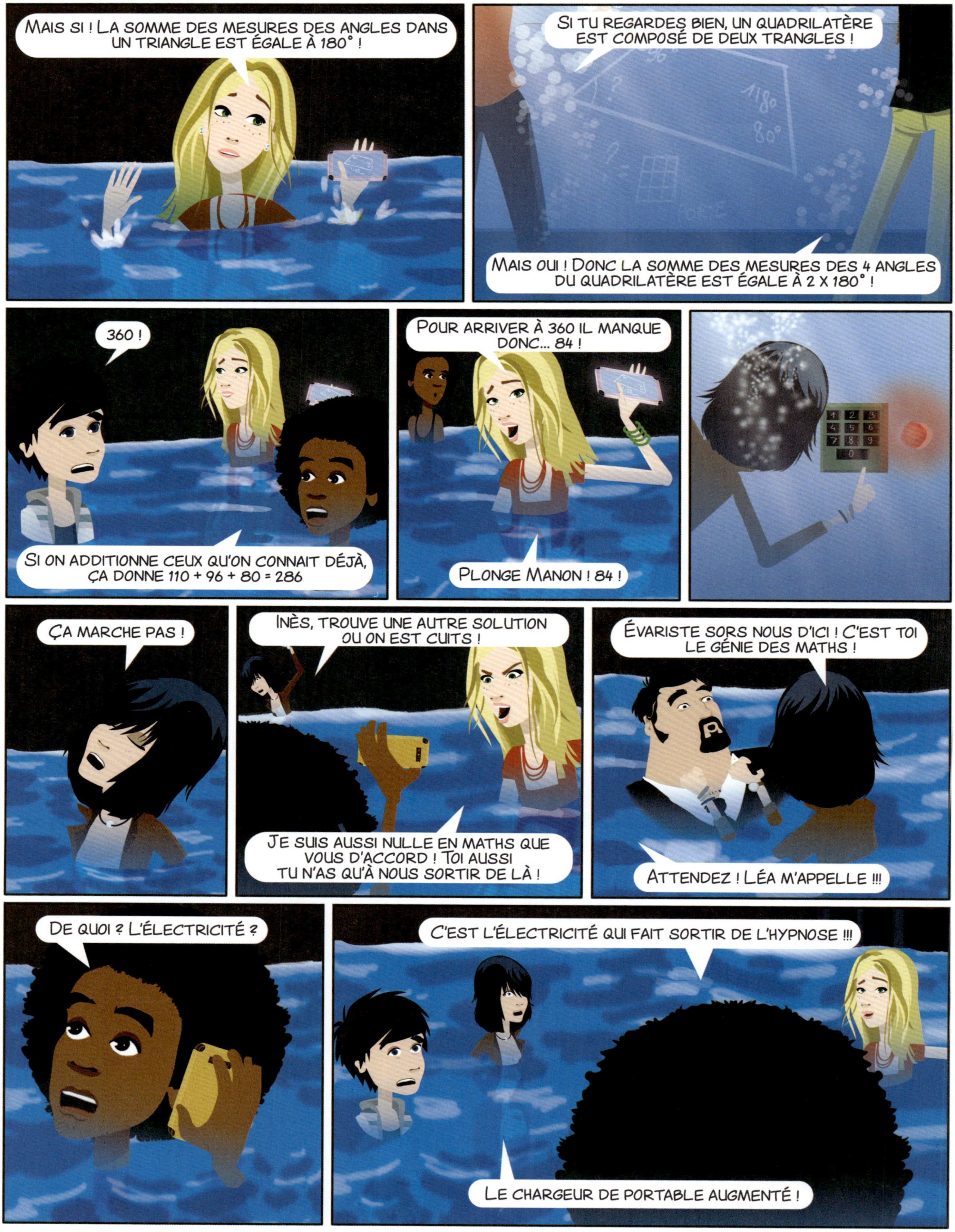
MAIS SI ! LA SOMME DES MESURES DES ANGLES DANS UN TRIANGLE EST ÉGALE À 180° !
SI TU REGARDES BIEN, UN QUADRILATÈRE EST COMPOSÉ DE DEUX TRANGLES !
MAIS OUI ! DONC LA SOMME DES MESURES DES 4 ANGLES DU QUADRILATÈRE EST ÉGALE À 2 X 180° !
360 !
SI ON ADDITIONNE CEUX QU'ON CONNAIT DÉJÀ, ÇA DONNE 110 + 96 + 80 = 286
POUR ARRIVER À 360 IL MANQUE DONC... 84 !
PLONGE MANON ! 84 !
ÇA MARCHE PAS !
INÈS, TROUVE UNE AUTRE SOLUTION OU ON EST CUITS !
JE SUIS AUSSI NULLE EN MATHS QUE VOUS D'ACCORD ! TOI AUSSI TU N'AS QU'À NOUS SORTIR DE LÀ !
ÉVARISTE SORS NOUS D'ICI ! C'EST TOI LE GÉNIE DES MATHS !
ATTENDEZ ! LÉA M'APPELLE !!!
DE QUOI ? L'ÉLECTRICITÉ ?
C'EST L'ÉLECTRICITÉ QUI FAIT SORTIR DE L'HYPNOSE !!!
LE CHARGEUR DE PORTABLE AUGMENTÉ !

On va mettre le fil à nu pour créer un coup de jus et réveiller Évariste !
C'est bon je l'ai !
Vite !
CRAC
Il y a une prise par ici !!
Faites passer !
Évariste est trop loin de la prise ! On va devoir faire une chaîne !
Donnons-nous tous la main, le coprs est conducteur du courant !
TCHAK!
Vous êtes prêts ?
Ça va faire mal...
Sauve-nous Évariste...
... ou on y passe tous...
Team Simplex en mode électrocution !

96°
?
118°
80°
?=
74
AAAAAAAAAAAAAAAHH
KOF
KOF
KOF
KOF
KOF
KOF
... ÇA VA ÉVARISTE ?
ÇA VA MERCI...
KOF
COOL !
... ON EST CONTENTS...
KOF
KOF
SPLACH

J'AI RECUEILLI UN ÉCHANTILLON QUE J'AI DISSIMULÉ DANS UN COFFRE, PUIS J'Y SUIS RETOURNÉ AVEC UNE CARTE DES CATACOMBES...
J'AI ENTENDU DES VOIX DONC JE ME SUIS APPROCHÉ, ET LÀ BOUM !
UNE EXPLOSION M'A PROPULSÉ DANS LES AIRS.
TU AS DU ÊTRE HYPNOTISÉ DÈS TON RÉVEIL, PEUT-ÊTRE MÊME DANS TON SOMMEIL !
BON, ON SE RACONTERA NOS VACANCES PLUS TARD, IL FAUT SE TAILLER D'ICI !
SI SEULEMENT ON AVAIT UN PLAN...
TADAA ! J'EN AI UN COLLECTOR AVEC TOUTES LES SORTIES DE SECOURS DE L'AQUAPLEX ! MERCI M. REDON !
MONTRE VOIR...
CE NE SONT PAS LES SORTIES DE SECOURS ÇA ! C'EST UN PLAN DE LA VILLE DE SIMPLEX !
AQUAPLEX
CLOCHER DES DAMNÉS
IL INDIQUE...
... TOUS LES MURS QUI ONT ÉTÉ DÉTRUITS POUR FAIRE PASSER DES TUYAUX JUSQU'À L'AQUAPLEX !
L'AQUAPLEX N'EST PAS RELIÉ QU'À SHANBOOM MAIS À TOUTES LES PLUS GRANDES ENTREPRISES DE SIMPLEX !
ATTENDS... TOUS CES MURS SONT DÉTRUITS AUTOUR ET SOUS L'AQUAPLEX LÀ ?
AQUAPLEX
CLOCHER DES
IL FAUT... IL FAUT PRÉVENIR TOUT LE MONDE...
POURQUOI ? J'COMPRENDS RIEN, J'CROIS QU'J'AI AVALÉ TROP D'EAU...
TOUTES LES EXPLOSIONS ONT FRAGILISÉ LES SOLS, PRINCIPALEMENT SOUS LE PARC. À LA MOINDRE SECOUSSE...
L'AQUAPLEX VA S'ÉCROULER

QUI VEUT UN COUP DE JUS DE 220 VOLTS ?!
Y'A QU'À DEMANDER !!
LE CHARGEUR NE MARCHE MÊME PLUS !! AH AH !
ON A LA TECHNIQUE MAINTENANT !
TOI PEUT ÊTRE !
NAN NAN ! PAS MOI !!
AU SECOURS !!!
SWING
POUM !
3 FOIS CHAMPION DE SIMPLEX EN COMBAT LIBRE BONHOMME...

SORTEZ TOUS DU PARC OU VOUS ALLEZ ÊTRE COUVERTS DE PUSTULES DE LA TÊTE AUX PIEDS !!!
QU'EST-CE QUE TU FAIS MANON ?!
CLIC!
CLIC!
J'APPUIE SUR TOUS LES BOUTONS !!!
REGARDEZ ! LE TOIT S'OUVRE AU DESSUS DE NOUS !
OUUUAIIISS !
VIVE LA MÉDUSE !
ILS PENSENT QUE TOUT CE QU'ON TENTE FAIT PARTIE DE LA NOUVELLE ATTRACTION...
CE QU'IL VOUS FAUDRAIT C'EST UN PEU DE PYROTECHNIE, UN TRUC AVEC DES FLAMMES !
BADAMOUM
LA CITERNE !
AAAHHH!
AAAHHH!
AAAHHH!
AAAHHH!

Claire Chabal en direct de l'Aquaplex, que l'on pourrait rebaptiser l'Aquapocalypse ! C'est l'immense explosion de la citerne écologique de la Méduse, il y a quelques minutes, qui a provoqué cette incroyable réaction en chaîne de destruction. Les sols se sont effondrés dans plusieurs parties du parc, engloutissant les attractions !
Heureusement, les visiteurs ont réussi à quitter l'Aquaplex sains et saufs. Ici, il ne reste plus que mon équipe technique et moi-même...
REC
Et une bande de jeunes piégés au sommet de la Méduse !
Hop !
Oh mais attendez voilà la directrice du parc !!!
Tout le monde me regarde bien là ?
Tout le monde a bien les yeux rivés sur son téléphone portable ou sa télé ?
Mme la directrice, aucun expert n'est là, mais peut-on s'avancer en parlant de dysfonctionnement ?
Chh... Continuez de me regarder bien droit dans les yeux...
Bien droit dans...
Nan !

FERMEZ TOUS LES YEUX ET BOUCHEZ-VOUS...
MORPHEM !!
NAN !
COUCHÉE CLAIRE !

ENTOURÉE D'INCOMPÉTENTS ! JE SUIS ENTOURÉE D'INCOMPÉTENTS ! IL FAUT TOUJOURS TOUT FAIRE SOI-MÊME !
À NOUS.
MANON, C'EST ÇA ?
LA PETITE VOLEUSE DE PLANS, TRAHIE PAR LE MOUCHARD QUE J'AVAIS MIS SUR LA CLEF USB DE M. REDON
J'AI UNE HYPNOSE TOUTE PRÊTE POUR TOI, QUI VA TE FAIRE PLONGER DANS LE PIRE DES CAUCHEMARS...
GORGONE MEDUSA !
YAA !
TU OSES ME RENVOYER MA PROPRE HYPNOSE ?!
CLAK !
PETITE INSOLENTE !
CHAK!
PAS DE CHANCES POUR TOI, JE PORTE DES LENTILLES SPÉCIALES...

ON NE SAIT JAMAIS SUR QUI ON PEUT TOMBER N'EST-CE PAS ?
MAIS C'EST QUOI VOTRE PROBLÈME ?
ON VOUS ADORAIT MES POTES ET MOI ! MAIS EN FAIT VOUS N'ÊTES QU'UN PACKAGING ! UNE BOÎTE VIDE ! COMME VOTRE PARC PLEIN DE CRASSES, VOUS CACHEZ BIEN VOTRE JEU !
CLING
JE CACHE MON JEU ?
LES INFORMATIONS CONCERNANT LA VÉTUSTÉ DE LA CITERNE SONT DISPONIBLES SUR LE SITE DES BOBOCOLOS EN UN SEUL CLIC !
L'AS-TU REGARDÉ ? T'ES-TU AU MOINS RENSEIGNÉE ?
MAIS...
VOUS VOULEZ DU DIVERTISSEMENT, DE LA VIANDE DÉJÀ MÂCHÉE À TOUS LES REPAS ET DE BEAUX OBJETS...
IL FAUT EN PAYER LE PRIX ET RESPECTER LE DEAL !
VOUS PRENEZ DU PLAISIR EN VOUS VOILANT LA FACE NIVEAU SANTÉ ET ÉCOLOGIE...

ET NOUS ON SE FAIT DE L'ARGENT SUR VOTRE ILLUSION.
J'AI LES YEUX GRANDS OUVERTS MAINTENANT
ALORS CONTEMPLE TON IDOLE...
JE MANQUE PEUT ÊTRE UN PEU DE STYLE C'EST VRAI...
VOUS... VOUS ÊTES IMMONDE...
C'EST QUE JE NE PORTE PAS TES BEAUX BRACELETS...
JE... JE VOUS LES DONNE SI VOUS VOULEZ...
NON MERCI MA CHÉRIE...
IL FAUT HONORER LE DEAL MANON...
SINON UN AUTRE DEAL, PASSÉ AVEC D'AUTRES PARTIS ENTRE EN JEU...

CELUI DE VOUS LE FAIRE RESPECTER !!
À BIENTÔT DANS TES CAUCHEMARS PETITE POUPÉE.
GOR...
MAINTENANT !!!
ORGONE
MEDUSA
NAAAAAAAAAAAAANN !!
AAAAAAAHH
PLOP!
QU'EST-CE QU'IL S'EST PASSÉ ?!
MERCI MILLE FOIS !
MANON !

TU NOUS AS SAUVÉS !!!
J'AI EU TROP PEUR !
CRRR
AAAH
BOUM !
ALLEZ, ON DÉCOLLE TOUT LE MONDE ! ON EST PAS ENCORE SORTIS D'AFFAIRE !
EXCUSEZ-MOI DE VOUS INTERROMPRE, JE SUIS AUGUSTIN, LE PAPA DE BARNABÉ, VOUS VOUS SOUVENEZ ?
QUELLE ENQUÊTE VOUS AVEZ DÛ FAIRE ! ET QUELLE ÉPREUVE FINALE !
IL FAUDRA QUE VOUS PASSIEZ À LA BOUTIQUE NOUS RACONTER TOUT ÇA !
À LA BOUTIQUE ? POUR VOIR CE TRAITRE DE BARNABÉ ?
CERTAINEMENT PAS ! IL NOUS A AMENÉS ET IL EST PARTI IMMÉDIATEMENT SANS NOUS AIDER !
MAIS PAS DU TOUT ! C'EST QUE DANS UNE ÉQUIPE D'ENQUÊTEURS, ON A TOUS UN RÔLE PRÉCIS ! MOI JE SUIS UN HOMME STATUE...
ET BARNABÉ C'EST LE CONDUCTEUR !
SLASH EXPERT EN FABRICATION DE JOUJOUX DANGEREUX.
FAITES GAFFE !!
POUM

C'EST PASSÉ... À ÇA DE TA TÊTE !!
J'VAIS L'TUER
IL NOUS FAUDRAIT DES CEINTURES OU QUELQUE CHOSE DANS LE GENRE POUR FAIRE UNE TYROLIENNE.
CLAC !
TENEZ ! PRENEZ-EN UN CHACUN ! LES ATTACHES NE VALENT RIEN MAIS LE CAOUTCHOUC EST TRÈS SOLIDE !
TU ES SÛRE ?
CE SONT TES BRACELETS PRÉFÉRÉS...
PLUS MAINTENANT...
TEAM SIMPLEX EN MODE " RENTRAGE" HÉROÏQUE !
J'ME SUIS PLANTÉ DE SENS !!
AAAAHH

TEAM SIMPLEX EN MODE FIN

Fiches

SIMPLEX

Le théorème de Pythagore

La réciproque du théorème de Pythagore

Probabilités : le lancer de dés

Calcul avec les nombres entiers et proportionnalité

La somme des angles d'un quadrilatère

Simplex
Le théorème de Pythagore

Si un triangle est rectangle alors le carré de la longueur de l'hypoténuse* est égale à la somme des carrés des longueurs des deux autres côtés.

** Dans un triangle rectangle, le côté situé face à l'angle droit est appelé hypoténuse : c'est le plus long des trois côtés du triangle.*

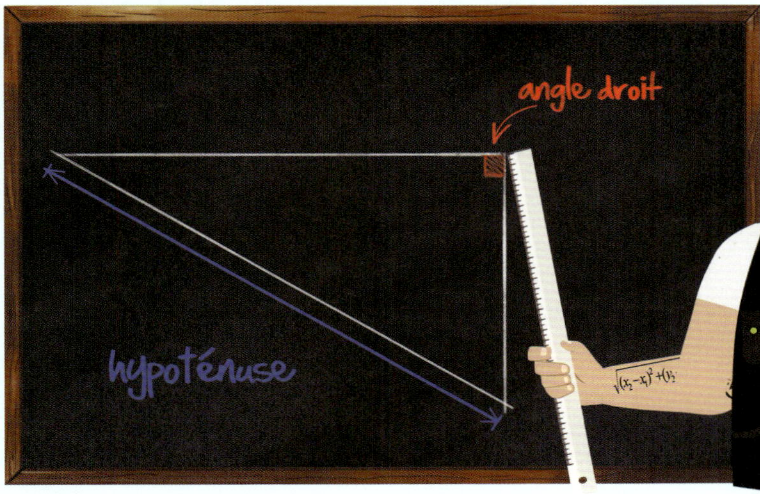

Page 7 la Team Simplex tente de calculer la distance entre l'aquaplex et l'appartement d'Évariste.

Qu'est-ce qu'un carré ?

Le carré d'un nombre est le nombre qu'on obtient en le multipliant par lui-même.

Exemples :

- $20^2 = 20 \times 20 = 400$

On dit que le carré de 20 est 400.

- $21^2 = 21 \times 21 = 441$

On dit que le carré de 21 est 441.

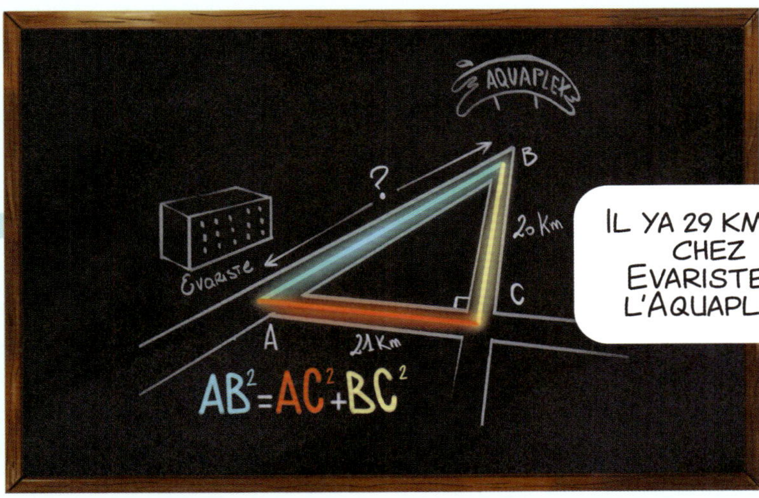

Le triangle ABC est rectangle en C. Son hypoténuse est le côté [AB].

D'après le théorème de Pythagore :

$AB^2 = AC^2 + BC^2 = 20^2 + 21^2 = 400 + 441$ Donc $AB^2 = 841$

On extrait alors la racine carrée* de 841 : $AB = \sqrt{841} = 29$

** La racine carrée permet d'effectuer le chemin inverse et retrouver un nombre à partir de son carré.*

SIMPLEX

La réciproque du théorème de Pythagore

De nombreux énoncés
peuvent s'écrire sous la forme suivante :

Si **CONDITION** alors **CONCLUSION**

C'est le cas du théorème de Pythagore :

Si un triangle est rectangle alors le carré de la longueur de l'hypoténuse est égale à la somme des carrés des longueurs des deux autres côtés.

Partant de ce type d'énoncé, on peut construire un nouveau théorème en inversant **CONDITION** et **CONCLUSION**

L'énoncé obtenu est appelé **réciproque** du premier énoncé.
Attention, la réciproque d'un théorème n'est pas toujours vraie !
Exemple : Si je suis un être humain, alors j'ai deux yeux.
Si j'ai deux yeux, alors je suis un être humain.

Mais, la réciproque du **théorème de Pythagore** est vraie et s'énonce ainsi :

Si, dans un triangle, le carré de la longueur du plus long côté est égale à la somme des carrés des longueurs des deux autres côtés alors ce triangle est rectangle.

Page 14, pour vérifier que l'étagère est bien droite, la team Simplex teste l'égalité de Pythagore et applique ensuite la réciproque de son théorème.

- Le plus long côté de ce triangle est le côté [AC]. Le carré de sa longueur est égal à $65^2 = 4225$.

- La somme des carrés des longueurs des deux autres côtés est égal à $56^2 + 33^2 = 3136 + 1089 = 4225$.

On constate que $AC^2 = AB^2 + BC^2$.
D'après la réciproque du théorème de Pythagore, ce triangle est bien rectangle.

SIMPLEX

Probabilités : le lancer de dés

Page 28 de la bande dessinée, la team Simplex s'adonne à un jeu de dés : on en lance deux puis on effectue la somme des nombres apparus.

Sur quel nombre faut-il parier pour avoir le plus de chances de gagner ?

Si on lance les dés et qu'on obtient,  la somme sera 2.

Si on obtient la face 2 et la face 3, la somme sera 5.
Là où cela se complique c'est qu'il existe d'autres façons d'obtenir un résultat égal à 5 (par exemple en tirant un 1 et un 4). Le mieux est de construire un tableau qui schématise tous les résultats possibles :

Ce tableau nous donne plusieurs informations :

- Il y a 36 **tirages** possibles (il suffit de compter les cases !).
- Il y a 11 sommes différentes (on les appelle des **issues**) : 2, 3, 4, ..., 12.
- On constate que l'issue « obtenir une somme égale à 2 » est plus rare que l'issue « obtenir une somme égale à 3 » : il n'y a qu'un tirage favorable à la première tandis que deux tirages sont favorables à la seconde.
- On aperçoit que l'issue qui apparaît le plus souvent est « obtenir une somme égale à 7 » : il y a 6 tirages qui lui sont favorables.
  On dit que la **probabilité** de l'événement « obtenir une somme égale à 7 » est égale à 6 chances sur 36.

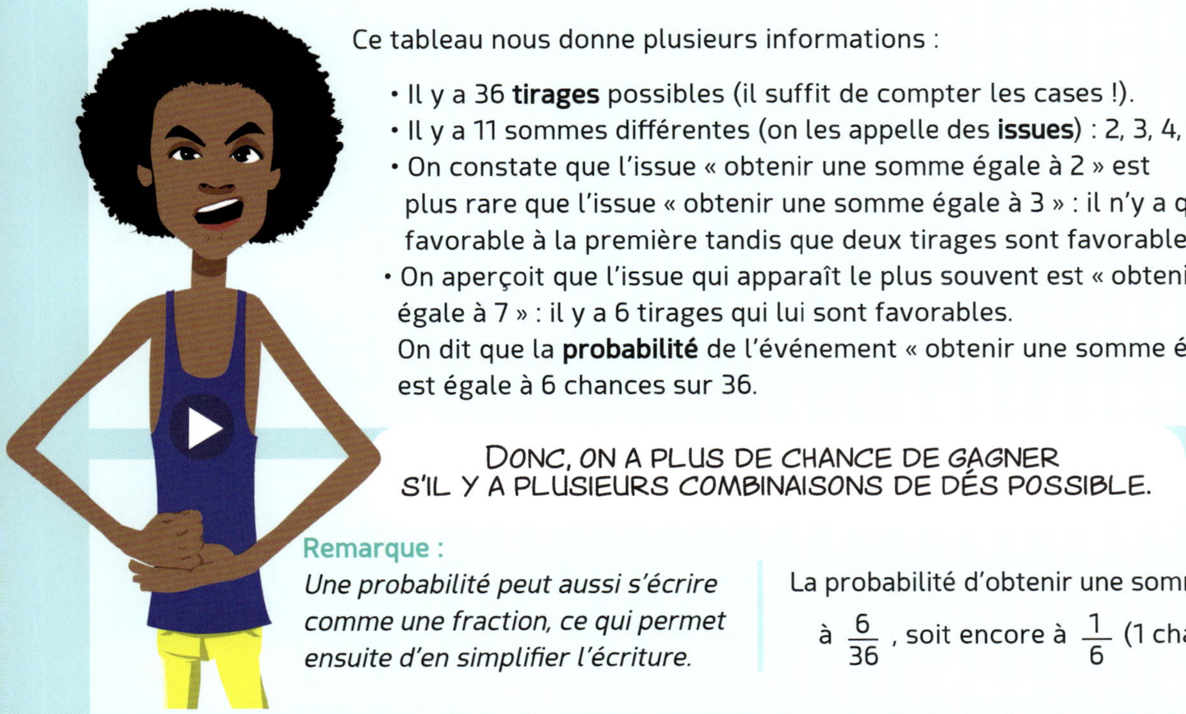

Remarque :
Une probabilité peut aussi s'écrire comme une fraction, ce qui permet ensuite d'en simplifier l'écriture.

La probabilité d'obtenir une somme égale à 7 est égale à $\frac{6}{36}$, soit encore à $\frac{1}{6}$ (1 chance sur 6 donc !).

SIMPLEX

Calcul avec les nombres entiers et proportionnalité

Page 34, la team Simplex essaie de retrouver où mène le labyrinthe de tuyaux toxiques.

On observe dans ce labyrinthe une certaine régularité : il y a à chaque fois trois gros tuyaux puis un petit.

Chacun des gros tuyaux est composé de 20 briques de 25 cm.
Un gros tuyau est donc long de 20 × 25 = 500 cm, soit encore 5 m.

(un mètre, c'est 100 centimètres !)

Chacun des petits tuyaux est composé de 12 briques de 25 cm.
Un petit tuyau est donc long de 12 × 25 = 300 cm soit encore 3 m.

Cela signifie donc que chaque « bloc » de quatre tuyaux mesure :
3 × 5 + 3 = 18 m.

Pour multiplier un nombre par 10, 100 ou 1 000, il suffit d'ajouter un, deux ou trois zéros à ce nombre !
4 tuyaux couvrent 18m donc 4000 tuyaux couvrent 18 000 m (*on prend 1 000 « blocs » de quatre tuyaux*), soit encore 18 km (*car un km c'est 1 000 mètres*).

La somme des angles d'un quadrilatère

Page 40 de la bande dessinée, la team Simplex est confrontée à l'énigme suivante :
Le point d'interrogation placé sur le seul angle dont la mesure n'est pas connue indique que cette mesure permet de se sortir de cette situation...

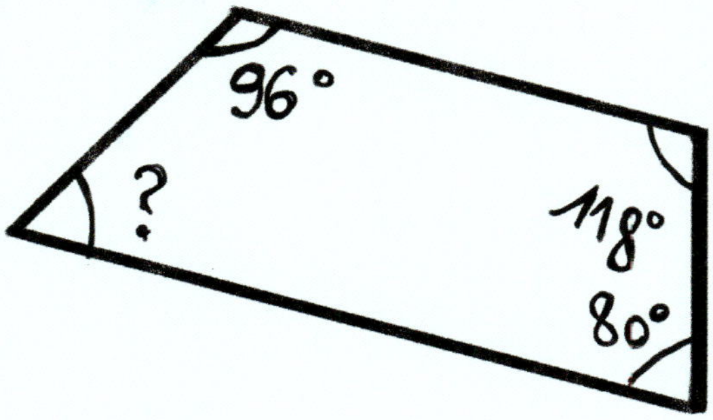

Comment faire ?

Il suffit de convoquer quelques souvenirs de la classe de cinquième !

On découvre en cinquième que la somme des mesures des trois angles d'un triangle est égale à 180°.

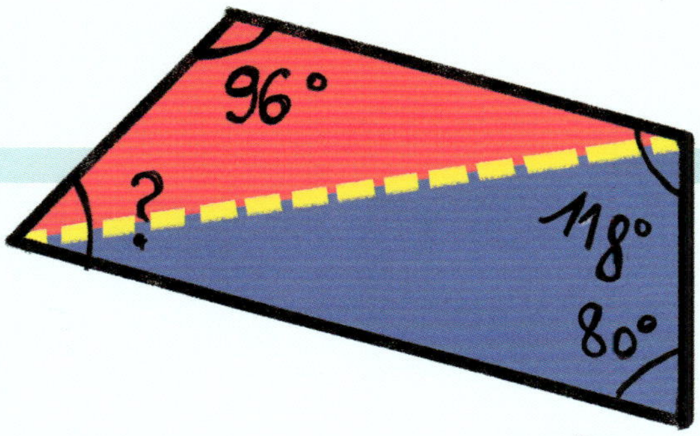

Quel rapport ?

L'astuce consiste à tracer l'une des diagonales du quadrilatère. Se forment alors deux triangles !

Pour le premier, la somme des mesures des angles est égale à 180°.

De même pour le second, la somme des mesures des angles est égale à 180°.

La somme des mesures des angles du quadrilatère est donc égale à la somme des mesures des angles de ces deux triangles, c'est à dire à 360°.
Nous y sommes presque. Il suffit maintenant d'effectuer la somme des angles déjà connus et de calculer « ce qu'il manque » pour arriver à 360°.

→ Somme des mesures des trois angles connus : 96 + 118 + 80 = 294°

→ La mesure de l'angle manquant est donc égale à 360 – 294 = 66°

Photogravure : Press Prod

Achevé d'imprimer en C.E.E.
par Canale en Août 2017
Première édition
Dépôt légal : Septembre 2017
ISBN : 978-2-7499-3371-9
LAF : 2442